愛寫詩的小蝙蝠

The Bat-Poet

Randall Jarrell
藍道・傑瑞爾 著 呂玉嬋 譯
劉鳳芯 專文導讀

獻給瑪莉（Mary）

【經典新視界】出版緣起

不只是好故事，也是生命中重要的事

回想童年時代，與「閱讀」有關的回憶總是溫暖而充滿愛：晴朗微風的週末午後，父親牽著我的手走進兼賣各式文具、參考書的社區小書店，讓我挑選自己喜歡的書。經過一番躊躇猶豫，把架上的幾本書拿上又拿下，好不容易選定了書（很節制的一次只挑一本），讓書店老闆用素雅的薄紙包起。而後喜孜孜的捧起書，父女倆手牽手，愉快的散步回家，期待不久之後的下一趟「買書小旅行」。

彼時在小女孩心田深植的閱讀種子，如今已發芽茁長，讓我成為悠遊書海的愛書人。而今有幸成為出版人，最美麗的理想便是為孩子們出版好書，讓他們享受我曾經享受過的，關於閱讀的種種美好。

近年來有不少專家學者發表「閱讀與人格發展」的相關研究成果，指出「閱讀小說」是培養解決問題能力的絕佳方式。小說情節往往呼應現實人生；觀察小說主角的思考邏輯與行為模式，擴展了讀者的生活經驗，提升與人群和環境對應的能力。

諾貝爾文學獎作家馬奎斯筆下迷人的魔幻世界，原型來自童年時期外婆娓娓敘述的鄉土神話傳奇。外婆的故事穿過門外的雲絮與穹蒼，緩緩飄升，擴展了幼年馬奎斯的想像，使他融入幾千里外另一世代的眾多心靈，與不同時空的人群同悲共喜。

《哈利波特》作者J. K.羅琳曾在哈佛大學畢業典禮勉勵畢業生：人類是地球上唯一不需要「親身經歷」、便能「設身處地」想像他人心思和處境的生物。而啟動我們內心這股「魔法想像」與豐沛能量的泉源，正來自一部部開展讀者眼界的文學傑作。

義大利作家卡爾維諾說：「『經典』是每次重讀都帶來新發現的書；經典之書對讀者所述永無止境。」

經過縝密的評估、規劃並諮詢專家學者，遠流出版於二〇一六年初春隆重推出【經典新視界】書系，為少年讀者精選世界經典傑作。值得一提的是：其中多數書目為數十年來首見中文版，盼能為讀者彌補過往錯過的美好。這些好書均已在國外長銷半世紀，是一波波時光浪潮淘洗而出的珍珠，更是世界文學史上的瑰寶，榮獲國際大獎或書評媒體高度讚譽，值得品讀、典藏。

每本書不但有好看的故事，更有豐富深刻的議題。我們相信透過閱讀，能讓人生中各個階段重要的思考課題自然融入孩子心中；特別是家庭情感、土地認同、情緒管理、同理包容、人際關係、獨立思考、滋養創意、追尋夢想、公民意識……等。

這些好書陪伴孩子面對成長課題、養成一生受用的態度與價值觀，也幫助成人深入理解孩子的內心世界，成為孩子的傾聽者與陪伴者。為此，全系列每本書均委聘專家學者撰寫深入導讀，培養讀者的精讀力與思辨力，並可作為親子互動或教學活動的指引。

我們期待——透過經典好書涵養孩子的美感品味和情感底蘊；對生活有豐富的感受，對他人有同理包容之心。

我們期待——透過經典好書讓孩子培育深刻思辨、演繹批判和創新領導能力，進而拓展寰宇視野；在學習與成長過程中，站得高、看得遠。

我們深切期待——【經典新視界】為孩子構築與閱讀和家庭相關的美好記憶，讓孩子大口吸納成長的養分，眼中閃爍著被好故事點亮的靈光，看見新視界！

（楊郁慧執筆）

導讀

當他不只想做一隻蝙蝠

劉鳳芯（國立中興大學外文系副教授）

有回跟嗜讀的童書編輯郁慧聊起彼此喜歡的童書，藍道・傑瑞爾的經典作品《愛寫詩的小蝙蝠》不經意從口中飛出；我想，書中那隻淺褐色的小蝙蝠或許也鼓動翅膀，飛到編輯姊姊耳旁念了一首他最新的詩作，打動了聽者，而促成此書中譯版的發行。

《愛寫詩的小蝙蝠》並非傑瑞爾作品首度登「臺」，事實上，臺灣早在二〇〇二年便曾譯介傑瑞爾獲紐伯瑞獎的另一本童書《動物家庭》；該書描寫一個由獵人、人魚、小熊、山貓和小男孩組成的另類家庭，清新脫俗。

傑瑞爾出生於二十世紀前半葉，曾當選美國國會圖書館桂冠詩人，詩集《在華盛頓動物園的女士》榮獲美國國家書卷獎。事實上，傑瑞爾除了寫詩，也寫評論、散文、小說以及童書。

《愛寫詩的小蝙蝠》雖出版於上世紀中，但魅力逾五十載不減。此書描寫一名新手小蝙蝠學習技能及尋找知音的過程；書中所刻畫的技能雖然是寫詩，但讀者只要舉一反

「一・二」（不用到三），便可將書中主人翁所經驗的學習歷程運用於其他才藝；比方學作文、學畫畫、學樂器、學舞蹈、學烘焙、學唱歌等。

蝙蝠並非我們印象中的「可愛動物」，因此敘事者在故事開頭描寫小蝙蝠登場時，一併召喚出讀者的感官感受，使讀者更加貼近主角：「**淺褐色**」率先吸引了讀者的目光，「**加了鮮奶油的咖啡**」挑逗著我們的味蕾，而「**毛茸茸**」則引發輕柔軟暖的觸感想像；而當一群蝙蝠團聚一塊、同時扭動，「**有如一陣軟毛波浪蕩開來**」，又讓人聯想起冬季羽絨大衣帽緣的毛邊隨著穿者走路和風吹而輕盈擺動的景象。這是一段具有「畫面」的開場，也證明作者是位不折不扣的詩人，因為詩人是最善於召喚讀者感官以及運用意象的創作者。

小蝙蝠也想當一位小詩人，他有詩人的敏銳觀察力與感受力，也充滿作詩的慾望、靈感、題材，卻苦無作詩的方法與聆聽對象。小蝙蝠曾先後朗讀詩作給三群代表不同讀者的對象聆聽，他們的回應或挫折、或困惑、或鼓舞了他。

蝙蝠同類是最親密的同伴，卻是一群令人失望的讀者；儘管小蝙蝠貼心運用蝙蝠熟悉的月光、影子來比喻太陽、形容日光，但這群讀者拒絕接受任何不熟悉的事物及超越

經驗的描述，讓小詩人相當沮喪。

　　反舌鳥是小蝙蝠的第二位讀者，他是位「詩仙」，敏感易怒、自我中心、自信滿溢；反舌鳥雖難得紆尊降貴，給予小蝙蝠提點，但他總以結構、音韻先行，反而錯失小蝙蝠那首描寫貓頭鷹詩作的重點——小蝙蝠幾天前才差點被從天飛撲而降的貓頭鷹奪去小命、一度瀕死，這件事在故事中只以兩句文字輕描淡寫，但透過詩作，我們才恍然：小蝙蝠心頭其實籠罩著巨大的恐懼。

　　花栗鼠是小蝙蝠找到的第三位讀者，他不懂詩，但卻願意敞開心胸接納新人新物，而且聆聽時總是目不轉睛、將爪子放在胸前，專注指數破表！花栗鼠聽罷描寫貓頭鷹的詩作，渾身發抖，並立刻得出三項結論：一、今後要早點回家，切不可因貪取堅果而夜歸；二、地洞得多挖幾個，以避怪獸；三、地洞挖掘費時，早點回家又將影響堅果收集量，這兩個在現實生活中難以立時達成的願望，卻可透過小蝙蝠客製的詩作獲得精神上的撫慰與滿足。

　　花栗鼠雖然僅是一位普通讀者，只能根據自身經驗坦率回應，也不明白為何描寫貓頭鷹的詩讓他又怕又愛——就像許多人觀看鬼片或恐怖片時一面用手遮眼，又禁不住往下看的衝動——但對於小蝙蝠來說，「知音」所提供創作者的動力與鼓勵，可能遠遠超過「專家」。

《愛寫詩的小蝙蝠》是一個關於創作、創作者與欣賞者的故事。創作並不限於寫詩，我們每日生活其實無時無刻都在「創作」：畫一幅圖、編一則故事、下一盤棋、在學校授課，或者像我此刻——正在撰寫一篇讀書報告。但願小蝙蝠的故事能為讀者日常生活的各式創作帶來些許觸發。

名家好評推薦（依姓名筆劃排列）

習慣黑夜的小蝙蝠，為了作詩而用心觀察，剛開始雖覺陽光刺眼，但漸漸的他認識了反舌鳥、貓頭鷹、花栗鼠——開始欣賞他們的生活，也學會肯定自己，相信最後一定也能幫助蝙蝠同伴們愛上詩。

曾經，詩觸動了我，就像小蝙蝠聽見反舌鳥的歌而被啟發。這份感動讓我喜悅，我激勵學生發表作品，希望他們享受創作的樂趣，更願藉著介紹這本書分享給更多讀者。

願我們張開詩眼——詩眼就是欣賞的眼，以喜悅的心審視自己和周遭，驚喜的發現世界的真、善、美。

——**王洛夫**（兒童文學作家）

這本書很特別，它是用「童話」來談「詩」。童話，大家都愛；詩，大家都怕——怕自己不懂。其實，詩不一定需要「懂」，而是需要「被觸動」！就像小蝙蝠意外瞧見白天的世界，新鮮的影像和反舌鳥的歌聲觸動了他的心，詩就在他的心底萌芽了！

我們一路跟著小蝙蝠，看他興奮著、思索著：詩要寫什麼？怎麼寫？跟誰分享？我們彷彿也被小蝙蝠的詩心觸動，看到了寫詩的快樂。書中典雅的詩句，也讓我們嘗到童詩之外，另一種詩的滋味！

——**林世仁**（兒童文學作家）

一隻小蝙蝠誕生了，他的毛色像是加了鮮奶油的咖啡色。

亮晃晃的白天世界用異樣的神情打量著他，而他以詩句回應。冬天悄悄的來臨，他把自己埋入蝙蝠堆的軟毛波浪裡，溫暖的睡著了，那些等著他醒來的詩句和詩頁，從此泛著柔軟的鮮奶咖啡色彩。

這是一本讓人感到愉悅、驚喜的書。這麼多年過去，故事並未結束，我們彷彿可以想見小蝙蝠倒吊在某個角落，可能是穀倉、門廊或是其他地方——現在我們幾乎可以猜想他又長大了一些，不再是當年開始學作詩的模樣。

我多麼希望哪個角落會不期然出現這樣一隻小蝙蝠，與我相遇。

——**林茵**（兒童詩人）

《愛寫詩的小蝙蝠》是一本高度原創性的經典童書，主角是一隻會創作詩句的蝙蝠。一開始，小蝙蝠仔細觀察森林裡的每一隻動物及牠們的生活習性，從中受到啟發，進而作詩。作者的描寫非常優美，讓讀者彷彿就置身於森林中，尤其是對蝙蝠的描述，非常真實生動。

——**花栗鼠繪本館館長**

發現、觀察、感受，同類與不同類之間的異同、喜惡和美醜，是讀詩之必要？似乎不止於此，也是寫詩之必要。思想激盪澎湃中，有一種聲音在叮囑：只要勇於嘗試，樂於讚美，甘於忍受，開放心靈，自己也終將成為一首好詩。

本書老少皆宜，構思動人，透過一隻天真聰慧的小蝙蝠，與其說是讓讀者分享了一首首詩的創作心路歷程，不如說是一首歌頌大自然與動物性靈的詼諧奏鳴曲，童趣、優雅、智慧兼而有之，這種雋永美善的古典味，真的久違了。

——**桂文亞**（兒童文學作家）

這是一個關於自我認識、尋求認同、力求突破及挑戰權威的故事。

褐色小蝙蝠因為被反舌鳥深深吸引，而開啟了寫詩創作的念頭。在嘗試的過程中，不被同伴理解、認同的挫折，促使他跨出腳步接觸了反舌鳥，也認識了花栗鼠。花栗鼠是詩的門外漢，但真誠欣賞的心鼓舞了小蝙蝠，也間接的促使小蝙蝠用詩與心目中的「權威」真實的碰撞。

代表權威的反舌鳥，有其難以跳脫的角色束縛及不願承認的盲點；小蝙蝠直言不諱的詩，衝撞著他，卻也幫助了他。

純真、勇敢的小蝙蝠，以單純的力量默默的改變了自己，也改變了世界。

——**許素秋**（小書蟲童書坊店長）

作家黛安·艾克曼說：「了解動物，使我們更了解自己。」在我們的身體裡，也曾住一個早慧的詩人，睜著澄澈的詩眼，認真的觀望、好奇的探索，想要用自己的語言描繪周遭的世界。

美國桂冠詩人藍道·傑瑞爾描寫一隻淺褐色小蝙蝠勇敢的離群，在孤單懸掛中想東

想西，漸次有了奇妙的感受、描繪的欲望，以詩的形式，竄入世界的色彩與其他生命的動靜，獻給周遭的友伴一首又一首獨特的詩。基於最初的情感、單純的熱愛，先是成為反舌鳥的追隨者，又以他的真摯完成了蝙蝠出生時，母親與寶寶的搖籃之歌，他帶著詩回到了群體，再一次回到毛茸茸的依偎中。愛寫詩的小蝙蝠讓身為人類的我們讀到了詩與生命。

——**陳美桂**（北一女中國文教師）

平淡的生活裡，最需要的是對生命的熱情，對周遭探索的好奇眼睛。小蝙蝠就是這樣，希望能突破家族傳統的桎梏，期待結交好多好朋友，一起感受詩的美好與真淳！

「難的不是作詩，難的是找到願意好好聽詩的對象。」這句話好令人感動！在生活中，要找到聽得懂我們說話，或是願意聽我們說話的人是不容易的。這本小書裡，簡單的小故事卻蘊含了生命的大智慧，充滿哲思！

——**陳麗雲**（新北市修德國小教師、國立臺北教育大學兼任講師）

小蝙蝠整夜捕蟲子，抓了數以百計的小蟲、飛蛾和蟋蟀吃，始終只有一個念頭：「我能作出一首描述蝙蝠的詩就好了！」

是的，生命不會只有飲食與物質，每個人內心深處始終有一個念頭——創造，或是說，活得像一首詩。

尼采說，這個世界會圍繞著創造新價值的人運轉，但大部分的人們總是跟隨既有的模式，像所有的蝙蝠一樣，在穀倉睡覺，在同一時間扭動。但創造新價值的人，會放大自己的好奇，甚至不怕離開人群，去探索自己的好奇，然後，才能活得像一首詩。

詩是對散文系統的破壞，讓語言產生陌生感與距離感，而這陌生與距離，便是美的來處。因而小蝙蝠獨自睡在門廊，白天不睡覺，看見了一個陌生的世界，然後他開始創造，開始在詩中創造新的價值。

《愛寫詩的小蝙蝠》是一本跨世代、充滿了詩意象徵的經典好書，故事迷人，又充滿奇思幻想。趕快打開這本書，讓這個世界，隨著你閱讀時浮現的新價值運轉吧！

——**蔡淇華**（作家、臺中市立惠文高中教師兼圖書館主任）

很久很久以前，有一隻蝙蝠——一隻淺褐色的小蝙蝠，他的毛色像是加了鮮奶油的咖啡，模樣彷彿是毛茸茸的老鼠生出了翅膀。

白天進出家門時，如果我抬頭往上看，就會見到他從門廊屋頂倒懸下來。他和一群蝙蝠吊在上面，斂翅沉睡、互相依偎。偶爾有隻蝙蝠醒來一會，挪了一挪，換個更舒服的姿勢，其他睡夢中的蝙蝠會跟著扭來扭去，也要找一個更舒服的姿勢。一群蝙蝠同一時間扭動時，有如一陣軟毛波浪蕩開來。

到了晚上，他們不停的飛來飛去，找小蟲子吃，如果夜裡下雨，他們就依偎在一塊，好像仍然是白天。你要是拿起手電筒照他們，會看見他們皺起臉來，不想讓光線照到眼睛。

夏天快結束時，所有蝙蝠都移居到穀倉睡覺，除了這隻褐色小蝙蝠。他懷念大家，想要他們回來陪他一起睡在門廊。

他問大家：「為什麼你們想睡在穀倉呢？」

其他蝙蝠說：「不知道啊。那你又為什麼想睡在門廊呢？」

小蝙蝠說：「我們不都一直睡在那裡？搬到穀倉會害我想家，回來陪我一起睡

嘛！」但他們不肯。

於是小蝙蝠只好獨自睡覺。他想念其他蝙蝠，他們總是毛茸茸、暖呼呼的，小蝙蝠只要醒來，都會往中間擠去，然後很快就又睡著了。如今醒來時，他不能再依偎著他們繼續睡，反而經常懸在那裡想東想西。有時，便微微睜開眼睛，望向日光。他大白天懸在那裡眺望，有一種奇妙的感受。那種感覺就像你半夜醒來，走到窗前，看著外頭的月色，一看就是幾個小時。

白天是另一番景象。小蝙蝠從沒見過的松鼠和花栗鼠——他們夜裡都蜷縮在窩裡或洞裡酣睡——啃著堅果、橡實和種子，互相追逐嬉戲。鳥兒蹦蹦跳跳、高歌飛翔，到了晚上大家都睡了——除了反舌鳥以外。

小蝙蝠老是聽見反舌鳥的聲音。反舌鳥時常停在月光下某株樹的最高枝頭唱歌，一唱就是大半個晚上。小蝙蝠喜歡聽他唱歌，他會模仿每一種鳥——甚至還會模仿松鼠生氣時像是兩塊石頭相擊的咯咯叫。他也模仿牛奶瓶放到門廊上的聲音，或是生鏽的穀倉門關上時那一聲長嘎。他還會自己作詞譜曲，創作沒有人念過、唱過的詩歌。

小蝙蝠把白天看得到、聽得見的一切告訴其他蝙蝠。他說：「你們一定會很喜歡。下次白天醒來，不妨張開一下眼睛，不要馬上又睡了。」

其他蝙蝠認定自己不會喜歡。他們說：「最好根本別醒來。白天醒來，光線會刺痛眼睛——所以應該要閉上眼睛，趕緊繼續睡。白天是睡覺的時間，到了晚上，我們就會張開眼睛了。」

小蝙蝠說：「你們連試一試都不肯嗎？試一次就好嘛。」

其他蝙蝠異口同聲的說：「不要。」

小蝙蝠問：「為什麼不要？」

其他蝙蝠說：「不知道，就是不想。」

「至少聽一聽反舌鳥，聽到他的聲音，就好像聽到白天的聲音。」

其他蝙蝠說：「他的聲音好奇怪，如果只是吱吱喳喳也就算了——但他不停的用低沉的聲音吼來吼去。」他們會這麼說，是因為反舌鳥的聲音對蝙蝠來說非常大聲、非常低沉；蝙蝠自己的聲音則是尖尖細細的。

小蝙蝠說：「聽習慣了就會喜歡，喜歡就會覺得好聽。」

其他蝙蝠說：「好吧，我們會試一試。」但他們這麼說只是禮貌罷了，他們連試也沒試。

褐色小蝙蝠繼續在白天醒來，繼續聆聽反舌鳥。有一天他心想：「我也可以學反舌鳥作一首歌啊。」但試了老半天，發現自己的高音太高、低音太高，中間的音也還是太高——他唱不出調子來。於是他轉而模仿反舌鳥作詞。

起初，他的詞句很不順——連他自己也聽得出來，一點都不像反舌鳥的詞。但一陣子後，有些句子變得很通順，所以小蝙蝠對自己說：「只要文字好聽，不見得要用唱的。」

小蝙蝠反覆修改他的詞，改到最後都會背了。那天晚上，他把詞句念給其他蝙蝠聽。他告訴他們：「我學反舌鳥作了詞，這樣你們就能明白白天是什麼情景。」小蝙蝠用低沉的聲音——他還是忍不住要模仿反舌鳥——念出描寫白天的詞句給夥伴們聽：

黎明，太陽燦爛，如千萬個月亮，
所有影子明亮如月光。
鳥兒引吭高唱，
世界甦醒，把夜遺忘。
黑與灰化為綠與金與藍
松鼠開始——

但他念到這裡時，其他蝙蝠再也無法保持沉默了。

一隻說：「太陽很刺眼，好像眼睛裡有東西一樣。」

另一隻說：「沒錯，而且影子是黑色的——影子怎麼會是明亮的？」

又一隻說：「什麼是綠與金與藍？你說這種話我們聽不懂啦。」

第一隻說：「而且根本不是這樣。太陽升起時，世界就睡覺了。」

其中一隻說：「不過你繼續吧，我們不是故意要打斷你。」

其他蝙蝠異口同聲的說：「沒錯，打斷你念詩真不好意思，把剩下的念給我們聽吧。」

小蝙蝠想把剩下的念完，卻一個字也想不起來，連隨便擠出一句話都很困難。他最後說：「我……我……明天再跟你們說剩下的。」然後就飛回到門廊。好多蟲子繞著燈火飛，他卻一隻也沒抓。他飛到椽木上，收起翅膀，倒懸在上面，沒多久便睡著了。

但小蝙蝠繼續模仿反舌鳥作詩——只是不再念給其他蝙蝠聽。有一天晚上，他看見一隻負鼠媽媽，她一面緊緊抱著每一隻白色小寶寶，一面吃著落在果樹下的蘋

果。另一個夜晚，一隻貓頭鷹從空中撲來，差一點抓到小蝙蝠，幸虧他及時飛進屋旁老橡樹的樹洞裡。又有一次，四隻松鼠互相追逐，在樹幹上爬上爬下，竄過草坪，攀過屋頂，玩了一整個早上。

小蝙蝠作詩描寫這一切，有時作出來的詩讓他心想：「很像反舌鳥！這次真的像反舌鳥！」但有時他覺得詩好差，甚至失去了信心，作到一半就停下來，隔天也就忘掉了。

他白天若是醒來掛在那裡觀察世界的色彩，常常自己就念起詩來。他很想念詩給其他蝙蝠聽，但總會想起上回念給他們聽的結果。沒有人可以聽他念詩。

有一天，小蝙蝠心想：「我可以念給反舌鳥聽。」後來他常常冒出這個念頭，卻拖了很久才真的去找反舌鳥。

反舌鳥心情差的日子，不管院子裡有什麼，他一律都想要趕走。他老是一副專橫霸道的模樣，好像他的生命力勝過任何動物，而且他希望其他動物都能明白這一點。在他心情差的日子，他會撲向進入院子的每一樣東西——甚至撲向小貓小狗——用尖銳的小嘴和爪子攻擊他們。而在心情好的日子，他就只顧著唱歌，不怎麼關心世界了。

小蝙蝠去找反舌鳥的那天，反舌鳥停在門廊邊大柳樹的最高枝頭引吭歡唱。他一身的灰，飛翔時會露出翅膀上的白橫紋，全身上下散發著一股純淨、靈巧又堅定的氣息。他踮著腳唱個不停，偶爾一躍飛到半空中。這一次，他正唱著一首關於反舌鳥的歌。

小蝙蝠飛到最近的樹枝，倒吊在枝頭聽著。好不容易，反舌鳥暫停了幾拍，小蝙蝠趕緊用尖尖細細的聲音說：「好美，實在好美！」

反舌鳥問：「你喜歡詩？」從他的語氣，聽得出他很驚訝。

小蝙蝠說：「非常喜歡，我每個晚上都聽你唱，每個白天也是，我……我……」

反舌鳥說：「這是我最新的詩，叫〈反舌鳥頌〉。」

小蝙蝠說：「作得真好，非常好！我聽你唱過這麼多的歌，這一首最棒。」

反舌鳥聽了十分得意──反舌鳥喜歡人家讚美他們最新的歌最好聽。「我再唱一次給你聽。」反舌鳥提議。

小蝙蝠說：「喔，請再唱一次，我很想很想再聽一次，真的！只是你唱完後，我能不能……」

話還沒說完，反舌鳥就已經唱起來了。他不只再唱一次，還編了新的段落，唱了一遍又一遍。他的歌非常動聽，小蝙蝠一聽都忘了自己的詩，只是專心聽著。

反舌鳥唱完後，小蝙蝠想：「不行，我不能念我的詩給他聽，但是……」

他對反舌鳥說：「能聽你唱歌實在太棒了，我可以一直一直聽下去。」

反舌鳥說：「對知音唱歌是一大樂事，你隨時想聽，隨時跟我說。」

小蝙蝠說：「能不能……能不能……」

反舌鳥問：「什麼事？」

小蝙蝠用害羞的語氣繼續說：「你看我……我能不能……」

反舌鳥熱情的說：「你能不能再聽一次？當然沒問題，樂意之至。」他又從頭唱了一次，這一次唱得比先前還要動人。

小蝙蝠如此誇獎反舌鳥，反舌鳥露出既得意又謙虛的神情——他要看起來得意不難，要看起來謙虛卻不容易，因為他是那樣的驕傲。

小蝙蝠問：「你想，一隻蝙蝠能不能作出像你那樣的詩？」

反舌鳥說：「一隻**蝙蝠**？」但接著又客氣的說：「唔，有何不可呢？當然，蝙蝠不能用唱的，你們沒有音域，但沒有道理不能作詩。呃，我想蝙蝠作的詩會很適合蝙蝠。」

小蝙蝠說：「我白天如果醒來，有時會作作詩，我能不能……不知道我能不能念一首**我的**詩給你聽？」

反舌鳥露出奇怪的表情，但仍誠摯的說：「我很樂意聽一聽，請念吧。」他停在枝頭上，露出傾聽的表情。

小蝙蝠念道：

一抹影子飄移穿過月光
翅膀無聲無息。
它的爪子長，它的尖嘴亮，
眼睛試探夜的每個地方。

一聲聲的啼叫，空氣起伏
如波泛動蕩舞。
傾聽貓頭鷹的耳朵相信
死亡。屋簷底的蝙蝠，

石頭旁的老鼠，動也不動——
貓頭鷹氣息如浪潮來襲。
貓頭鷹在夜裡來來去去，
夜屏住了呼吸——

念完詩後，小蝙蝠等著反舌鳥講評。他不知道反舌鳥會說些什麼，但他早已屏住了呼吸。

反舌鳥說：「啊，我喜歡，嚴格來說，還滿像樣的，你轉韻轉得特別平穩。」

小蝙蝠說：「是嗎？」

反舌鳥說：「是啊，而且最後一句縮短兩個音節這一招很聰明。」

小蝙蝠茫然的反問道：「縮短兩個音節？」

反舌鳥有點不耐的說：「是縮短兩個音節啊。倒數第二句是抑揚格五音步，而最後一行卻是抑揚格三音步。」

小蝙蝠一臉迷惑，反舌鳥便用體貼的語氣說：「一個抑揚格音步包括一個輕音和一個重音，輕音在前，重音在後。你最後一行是六個音節，前一行是十個音節，你這樣縮短最後一行，就有了夜晚屏住呼吸的效果。」

小蝙蝠說：「那些我不懂，我只是想讓它有屏住呼吸的感覺。」

反舌鳥說：「當然，當然！我非常喜歡你的詩，你如果又作了詩，一定要來念給我聽。」

小蝙蝠答應了，拍著翅膀飛回橡木上的家。他覺得好開心——反舌鳥喜歡他的詩——又有些難過。他心想：「唉呀，我還不如念給其他蝙蝠聽呢！我管它有幾個音節？那隻貓頭鷹差點要了我的命，結果反舌鳥卻說他喜歡押韻的方式！」

小蝙蝠倒懸在那裡氣憤憤的想著。過了一會，他對自己說：「難的不是作詩，難的是找到願意好好聽詩的對象。」

睡前，他把那首貓頭鷹詩念了一遍給自己聽，覺得貓頭鷹就是這樣。他想：「貓頭鷹應該會喜歡這首詩，要是我能念給貓頭鷹聽就好了！」

小蝙蝠接著又想：「有了！我不能念給貓頭鷹聽，因為我不敢靠他太近，但如果我做一首描寫花栗鼠的詩，我就可以念給花栗鼠聽——他一定會有興趣。」

小蝙蝠興奮不已，不僅渾身發熱，連毛都豎了起來。他想：「我要去找花栗鼠，跟他說：『如果你給我六隻蟋蟀，我就以你為主角，作一首花栗鼠的詩。』其實我願意免費作詩，但免費得到的東西不會受到重視。所以我要說：『給我六隻蟋蟀，我就為你作一首詩。』」

第二天黃昏，小蝙蝠飛到花栗鼠的洞前。花栗鼠有幾十個洞，但蝙蝠注意到他

偏愛其中一個，老是睡在裡頭。沒多久，花栗鼠竄出來，臉頰鼓鼓的。小蝙蝠趕緊打招呼：「你好。」

一聽到小蝙蝠的聲音，花栗鼠呆住了，接著閃回洞裡。小蝙蝠大喊：「等等！等等！」但花栗鼠已經不見了。小蝙蝠大聲說：「回來吧，我不會傷害你的。」但他費了好一番脣舌，花栗鼠才肯再次現身，而且只是把鼻尖探出洞口。

小蝙蝠幾乎不知道該怎麼開口，他怯生生的對花栗鼠說話，花栗鼠也怯生生的聽著。「我有一個想法——我打算提供附近的動物一項服務，你是我第一個詢問意願的對象。」

花栗鼠沒說話，小蝙蝠深吸一口氣，連忙說：「給我六隻蟋蟀，我就作一首花栗鼠的詩。」

花栗鼠說：「什麼是蟋蟀？」

小蝙蝠很氣餒，心想：「我有想過可能必須告訴他什麼是詩，但完全沒想到必須告訴他什麼是**蟋蟀**。」

他開始解釋：「蟋蟀是一種黑色的小動物，晚上在門廊的燈下可以看到，非常好吃。你抓不到蟋蟀也沒關係，你可以給我……好啦，這一次你什麼都不用給我，就算是——開幕大優惠吧。」

花栗鼠用友善的口吻說：「我不懂。」

小蝙蝠說：「我打算以你為主角，作一首花栗鼠的詩。」根據花栗鼠的眼神，小蝙蝠知道花栗鼠並沒有聽懂，於是又說：「我念一首描寫貓頭鷹的詩給你聽，你就會懂了。」

他開始念詩，花栗鼠聽得很專心。詩念完後，花栗鼠打了一個大哆嗦，說道：「好可怕，實在可怕極了！夜晚真的有那樣的東西嗎？」

小蝙蝠說：「要不是橡樹上那個洞，他就抓到我了。」

花栗鼠語氣堅定的說：「我以後要早點睡。有時候堅果很多，天都黑了我還在外面。但相信我，以後我絕對不會忘記時間。」

小蝙蝠說：「對知……知音念詩實在是一大樂事，你希望我開始作一首花栗鼠的詩嗎？」

花栗鼠卻若有所思的說：「我的洞不夠多，再挖幾個還不容易嗎？」

小蝙蝠問：「我開始作一首花栗鼠的詩，好不好？」

花栗鼠說：「好啊，但能不能放很多洞在詩裡？明天一早，我要替自己再挖一個洞。」

小蝙蝠答應他：「我會放很多的洞在詩裡，你還希望詩裡有什麼？」

花栗鼠想了一想，接著說：「嗯，堅果，還有種子——食槽裡那種肥肥大大的種子。」

小蝙蝠說：「好。我明天下午再來，不然就是後天。我實在不知道要花多少時間才會作好。」

小蝙蝠和花栗鼠互相道別後，便飛回門廊的家。他一找到舒服的姿勢，就開始思考花栗鼠的那首詩要怎麼作，但不知為何一直回想起那首貓頭鷹的詩，還有花栗鼠的評語和表情。

「他完全沒說什麼少了兩個音節！」小蝙蝠倒掛在那裡，思索著新作品，覺得很開心。

詩終於完成了——花了超乎他原本所預料的時間——小蝙蝠趕緊去找花栗鼠。

午後陽光明媚，耀眼的光線照在小蝙蝠的眼睛上，萬物看起來都是朦朧的金黃色。花栗鼠沿著穿過老樹墩那條小徑急忙跑來，小蝙蝠迎接花栗鼠時，心想：「他的顏色好漂亮！哇，尾巴上的毛好像玫瑰的顏色，背上的黑白條紋多麼可愛！」

小蝙蝠說：「哈囉。」

花栗鼠說：「哈囉，完成了沒？」

小蝙蝠開心的說：「完成了。我念給你聽，這首詩叫〈花栗鼠的一天〉。」

花栗鼠開心的說：「我的一天！」他坐下來聆聽小蝙蝠念詩。

矮叢鑽進鑽出，爬上蔓藤，
閃入洞窟。
在老橡樹墩旁，花栗鼠一溜煙
竄上長柱。

他衝向滿是種子的食槽，
裝滿兩腮。
招來山雀喊喊責備，
飛奔逃開。

紅似風吹落的楓葉，
紅似狐狸，

臭鼬般的條紋。花栗鼠咻的
跑過信箱，跑過雙人椅，

沿著小徑，
返回溫暖的洞，洞中儲蓄
好吃東西，
閃閃發亮，靈巧纖細

前腳縮在胸前坐著，
紅日西斜，
餘暉灑下，花栗鼠
潛隱安歇。

念完後，小蝙蝠問：「你喜歡嗎？」

花栗鼠沒說話，過了片刻才用驚喜的聲音說：「再念一遍。」

小蝙蝠又念了一遍，念完後，花栗鼠說：「喔，好有趣。他一直來來去去，是不是？」

小蝙蝠好開心，不知道要說什麼。

花栗鼠問：「我真的那麼紅嗎？」

小蝙蝠說：「是啊。」

花栗鼠大聲讚嘆：「你把種子啊洞窟啊都加進去，我沒想過你真的能辦到，我以為你會把我形容得比較像貓頭鷹。」他接著說：「念貓頭鷹那首給我聽。」

小蝙蝠念了。花栗鼠說：「這首詩讓我發抖。如果它會讓我發抖，為什麼我會喜歡呢？」

「我不知道。我懂貓頭鷹可能會喜歡這首詩的理由，但我不懂我們為什麼也會喜歡。」小蝙蝠說。

花栗鼠問：「你接著要作誰的詩？」

小蝙蝠說：「還不知道。我這陣子只想著怎麼作你的詩，也許接下來可以作一首鳥的詩。」

「不如寫寫紅雀吧？他跟我一樣身上有紅有黑，也跟我一樣吃食槽的種子——你已經很熟練了。」

小蝙蝠不確定的說：「我觀察過他，但我不認識他。」

花栗鼠說：「我幫你去問一問，告訴他詩是什麼，他一定會願意的。」

小蝙蝠說：「你真是太好心了。我非常願意作一首紅雀的詩，我想觀察他餵食寶寶的情形。」

第二天，小蝙蝠懸掛在椽木上酣睡時，花栗鼠順著常春藤爬上門廊，對小蝙蝠大聲說：「他希望你可以作。」小蝙蝠微微動了一下，眨了眨眼睛。花栗鼠說：「紅雀希望你能為他作詩，我好不容易才跟他解釋詩是什麼，一解釋完，他就想要你為他作一首。」

小蝙蝠睏倦的說：「好，我今晚就會開始。」

花栗鼠說：「你說我紅得像什麼？我不是說狐狸，那一句我記得。」

「像楓葉，像風吹落的楓葉。」

「沒錯，我想起來了。」說完，花栗鼠滿足的跑開了。

那天晚上，小蝙蝠醒來後想著：「我現在要開始描寫紅雀了。」他思索紅雀是多麼的紅豔，是怎樣唱歌，又吃些什麼，還有他餵食褐色的紅雀寶寶吃東西的情形。但小蝙蝠就是無法開始作詩。

第二天，小蝙蝠觀察了紅雀一整天。他倒掛在椽木上，離食槽只有幾步遠，只要紅雀飛到食槽，他就目不轉睛的看著他，希望藉此得到靈感。

紅雀打開葵花子的方式很奇怪，他不像山雀站在種子上把種子敲開，而是把葵花子銜在嘴裡翻來翻去，看起來若有所思，接著種子會突然打開，裂成兩半。

當紅雀在忙著嗑開葵花子時，兩隻紅雀寶寶就踮起腳站在下方，拍著翅膀、全身顫抖，嘴巴張得大大的。他們是漂亮柔軟的淺褐色，連嘴也是褐色，而且長得跟爸爸一樣大，其實可以自己進食了。

紅雀爸爸不在時，紅雀寶寶會自行覓食，但只要爸爸在，他們就會苦苦哀求，直到爸爸飛下來，把種子塞到一隻的嘴裡，另一隻則一面顫抖，一面啾啾叫，好像心都快碎了。

紅雀爸爸是非常漂亮的鮮紅色，風一吹來，高冠就像皮毛一樣蕩開來。他不斷受到煩擾，又這麼能幹勤奮，感覺很奇怪，就像看到一位紅袍將軍在洗大量的盤子。紅雀寶寶如影隨形，不停把張開的口靠到紅雀爸爸的嘴邊——他們渾身發抖，苦苦哀求——紅雀爸爸自己卻一口也沒吃到。

可惜沒用。小蝙蝠再怎麼仔細觀察也沒有靈感。他去找花栗鼠，懊惱的說：「我作不出紅雀的詩。」

花栗鼠說：「咦，形容他的樣子就好了，就像你形容我和貓頭鷹。」

小蝙蝠說：「如果可以的話，我也想，但實在沒辦法，我也不知道為什麼就是沒辦法。我一直在觀察紅雀，他非常美麗，一定可以成為一首美麗的詩，可惜我一個字也想不出來。」

花栗鼠說：「真奇怪。」

小蝙蝠沮喪的說：「我想，我根本不會描寫動物。」

花栗鼠說：「這樣好可惜！」

小蝙蝠說：「沒關係，反正有人願意聽我念詩。我現在有你就好了——我如果有好點子，作了詩，就來念給你聽。」

花栗鼠說：「我會告訴紅雀你作不出來，他不會太失望的，因為他從來沒聽過詩。我跟他描述過詩是怎樣的，但我想他其實沒有聽懂。」

花栗鼠去告訴紅雀，小蝙蝠則飛回家。他覺得鬆了一口氣——太棒了，不必再擔心紅雀的事。

一整個早上，反舌鳥把每一樣東西都趕出院子——讓你覺得他無法容忍世上其他所有東西。最後他飛到門廊，停在椅子扶手上，扯起嗓子喳喳叫，叫得又響亮又焦躁，直到屋裡的女主人為他拿出葡萄乾才罷休。他飛到枝頭上焦急的等待，女主人一離開，他就朝著葡萄乾撲去，吃得一乾二淨後，又飛上柳樹，開始放開喉嚨高聲歌唱。

小蝙蝠附在椽木上，半夢半醒的聽著。有時，他微微張開眼睛，枝幹有紅有黃有橘，與光影交織成朦朧的圖案。他眨眨眼睛，讓眼皮又悄悄闔上，心滿意足的

繼續睡覺。等到他醒來時，天色幾乎暗了，陽光不見了，紅色、黃色和橘色的葉子都變成灰色，反舌鳥卻還在唱歌。

門廊的燈亮著，已經有數十隻小蟲子繞著燈飛舞。小蝙蝠朝蟲子飛過去時，覺得飢餓，也覺得愜意。

就在這時，反舌鳥開始模仿松鴉——不是松鴉嘎嘎叫或爭吵時的聲音，而是松鴉用溫柔的低音真正唱歌的時候。聽著聽著，小蝙蝠想起反舌鳥那天早上趕走兩隻松鴉，心想：「好奇怪，他把什麼都趕走，再來模仿他們，你都想不到……」

就在那一刻，小蝙蝠有了作詩的靈感。蟲子依然不停的繞著燈火飛舞，反舌鳥也

還在模仿松鴉，但小蝙蝠不吃了，也不聽了。他一面思索，一面緩緩飛回椽木，開始作起詩來。

終於完成後——小蝙蝠花了兩個晚上修修改改——才飛去找花栗鼠，開心的說：

「我作了一首新的。」

「描寫什麼？」

「反舌鳥。」

「反舌鳥！」花栗鼠重複小蝙蝠的話。「念來聽聽。」他坐起來，爪子放在胸前，目不轉睛的看著小蝙蝠——他總是這樣聽詩。

小蝙蝠說：

看這邊，太陽就要落下，
看那邊，月亮即將升起。
麻雀的影子長過草地。
「夜晚來了。」蝙蝠吱吱；「白天走了。」
鳥兒唧唧。

霸著柳樹的最高枝椏，
日夜啁啾，翱翔雲霄，
反舌鳥模仿著生命。

院子鎮日屬於反舌鳥。
當光喚醒世界，麻雀結隊而飛
飛入結籽草地，反舌鳥舞爪張嘴
趕走他們；世界應為

他所有。山雀、鶇鳥、樫鳥、畫眉鳥——
無時無刻，奮力驅離。
正午還趕走大黑貓一隻。

如今月光下引吭停歇：
他唱出鶇鳥，唱出樫鳥，唱出畫眉鳥——
突然一隻貓咪喵喵叫。
反舌鳥模仿任何聲音，唯妙唯肖。
他模仿自己驅走的全世界，
月光下，一時分不出
哪一個是反舌鳥？哪一個是天地？

小蝙蝠念完後，花栗鼠什麼都沒說。

小蝙蝠不安的問：「你喜歡嗎？」

花栗鼠沒有回答，過了片刻才說：「真的跟反舌鳥很像。你知道嗎，他追過我，還能模仿我！你都想不到他把你趕走，卻又要模仿你，想都想不到他會這樣做。」

小蝙蝠知道花栗鼠這番話是表示他喜歡這首詩，卻不禁又問：「你喜歡嗎？」

花栗鼠說：「我喜歡，但反舌鳥不會喜歡。」

小蝙蝠說：「可是你不就喜歡描寫你的那一首？」

花栗鼠說：「沒錯，但他不會喜歡描寫他的這一首。」

小蝙蝠說：「但反舌鳥就是這樣。」

花栗鼠說：「沒錯。不如你去念給他聽吧？我跟你一塊去。」

他們找到反舌鳥，這天是他心情好的日子。小蝙蝠告訴反舌鳥，他作了一首新的詩。

小蝙蝠問：「能不能念給你聽？」他聽起來很膽怯——簡直像是愧疚的口氣。

反舌鳥回答：「當然好，當然好！」然後裝出聆聽的表情。

小蝙蝠說：「這首詩是描寫……唔，描寫反舌鳥。」

反舌鳥重複道：「描寫反舌鳥！」只見他的臉色都變了，只好再一次裝出傾聽的表情。接下來，小蝙蝠把描述反舌鳥的詩念給反舌鳥聽。他專心聽著，目不轉睛的看著小蝙蝠；花栗鼠也專心聽著，目不轉睛的看著反舌鳥。

小蝙蝠念完後，誰都沒吭聲。

最後花栗鼠說：「這首詩花了你很久的時間才完成嗎？」

小蝙蝠還沒來得及回答，反舌鳥就氣憤的喊了起來：「聽起來，你好像覺得模仿是不應該的！」

小蝙蝠說：「喔，我沒這個意思……」

「那麼，你好像覺得趕走他們是不應該的。這不是我的地盤嗎？不能趕走自己地盤上的東西，那還能做什麼？」

小蝙蝠不知該說什麼，過了片刻，花栗鼠不安的說：「小蝙蝠的意思是說，把他們統統趕走，然後又模仿他們模仿得這麼像，這不是很奇怪嗎？」

「奇怪！」反舌鳥嚷嚷了起來，「奇怪！我不這麼做才叫奇怪，你聽過不模仿的反舌鳥嗎？」

小蝙蝠客氣的說：「確實沒有，模仿的確是反舌鳥的習性，這就是我作這首詩的真正理由——我非常欣賞反舌鳥，真的。」

花栗鼠說：「他老是在講反舌鳥如何如何。」

反舌鳥說：「反舌鳥是很**敏感**的。」說到敏感兩個字時，他的語調先是拔高，然後又壓低。「他們讓我很心煩，你們不懂他們讓我有多心煩。有時我覺得不打發他們走的話，我會瘋掉。」

「如果他們沒有讓你這麼心煩，你大概也無法模仿他們模仿得這麼好啊。」花栗鼠熱心的鼓勵反舌鳥。

反舌鳥大聲說：「還有他們唱歌的方式！一二三、一二三——一成不變、千篇一律，總是唱著同樣的老調！如果他們能有一次唱得不一樣，不是很好嘛！」

小蝙蝠說：「對，我明白這一定給了你很大的壓力，我的詩就是想傳達這一點，只是恐怕沒有形容得很好。」

「你們根本不懂！」反舌鳥繼續說下去，眼睛燃著怒火，羽毛豎了起來。「只有反舌鳥懂！」

小蝙蝠和花栗鼠看著反舌鳥，都露出了折服而不安的表情。接下來，他們小心翼翼的說話——幾乎只聽不說，反舌鳥則向他們訴說身為一隻反舌鳥的感受。到後來，他似乎平靜許多，心情也開朗起來，甚至告訴小蝙蝠，他喜歡聽他的詩。

小蝙蝠露出喜色，問反舌鳥說：「你喜歡我每一段頭幾句押韻，最後兩句不押韻嗎？」

反舌鳥立刻說：「這我倒沒注意到。」花栗鼠告訴反舌鳥，他一向非常喜歡聽反舌鳥唱歌。過沒多久，小蝙蝠和花栗鼠便向反舌鳥說再見。

離開反舌鳥後，他們面面相覷，小蝙蝠說：「你是對的。」

花栗鼠說：「沒錯。」接著又說：「好在我不是一隻反舌鳥。」

小蝙蝠說：「為了詩，我願意當反舌鳥，但只要我不是，我就會慶幸我不是。」

花栗鼠說：「他自以為與眾不同，但他的確與眾不同。」

小蝙蝠彷彿沒聽見，自顧自的說：「真希望我能作一首蝙蝠的詩。」

花栗鼠問：「為什麼不作呢？」

「我如果作一首蝙蝠的詩，也許就可以念給其他蝙蝠聽了。」

「沒錯。」

幾週過去，小蝙蝠希望這首詩已經作好了。他整夜捕食，抓了數以百計的小蟲、飛蛾和蟋蟀，始終只有一個念頭：「我能作出一首蝙蝠的詩就好了！」

有一天，他夢見詩作好了，還念給大家聽，醒來時卻只記得詩的結尾：

天亮了，門廊突然都是蝙蝠：
無數的蝙蝠掛在椽木上。

在夢中，這句詩聽起來很不錯，但現在只會讓小蝙蝠希望同伴還睡在門廊。他覺得又冷又寂寞。兩隻松鼠爬上食槽，發出一模一樣的怪聲音——一種口哨聲似的咆哮——想要嚇跑對方。反舌鳥在屋子另一側唱歌。小蝙蝠閉上眼睛。

不知什麼緣故，他開始想起最初的記憶。

在兩週大以前，蝙蝠寶寶絕對不會落單；媽媽不管去到哪裡，光溜溜的小東

西——連毛也沒有——一定依偎著媽媽。等到蝙蝠寶寶大了一些，媽媽會在夜裡離開，蝙蝠寶寶則是懸在屋頂下睡覺，等待媽媽終於返家，回到孩子們的身邊來。

小蝙蝠昏昏欲睡，在半夢半醒間，開始作起一首描寫媽媽和她的寶寶的詩。不知為何，這首詩比其他的詩容易作，他只要回想當時的情景，偶爾押個韻就好。雖然簡單，他還是覺得好累，一直想睡覺，然後便忘了其中幾句，只好從頭再來。好不容易終於完成後，他去找花栗鼠念給他聽。

樹都禿了，風把葉子吹過花栗鼠的洞，好冷啊。花栗鼠探出頭來，小蝙蝠從沒見過他這麼胖。他用恍惚的語氣悠悠的說：「滿了，我的洞滿了。」接著驚訝的對小蝙蝠說：「你好胖！」

小蝙蝠問：「我胖？」他接著發現自己的確胖了，這幾週來他一直吃一直吃。他說：「我完成了蝙蝠的詩，描寫一個媽媽和她的寶寶。」

花栗鼠說：「念來聽聽。」

小蝙蝠念道：

蝙蝠出生時，
光溜溜，看不見，毛色蒼白。
媽媽捲起尾巴做成口袋
接住他。他用拇指、腳趾和牙齒
抓住媽媽的長毛。
媽媽在夜色中跳舞，
急轉、迴旋、翱翔、翻筋斗，
寶寶懸掛在底下。
媽媽整晚快樂的捕食飛翔。
她尖銳的叫聲
像閃閃發亮的聲音尖針
進入了夜，又反響回來，
讓她知道它們碰到了什麼。
她聽出東西的距離和大小，

聽出東西要往哪個方向去：

聽覺是她的生存之道。

媽媽振翅高飛，

同時捕抓小蛾小蟲，

媽媽振翅高飛，

同時掠過池塘喝水。

寶寶始終緊抓不放，

吸吮她分泌的乳汁，

在月光下，在星光下，在空中。

合一的影子，印在月上，

振翼飛過星空，

通宵盤旋；直至破曉

疲累的媽媽飛回椽木上的家。

蝙蝠都回來了，

他們勾著腳趾倒掛，

用褐色翅膀裹住自己。

成群倒懸，睡在空中。

他們靈敏的耳，銳利的牙，生動活潑的臉，

遲鈍了，沒勁了，呆滯了——

在明朗的白日，媽媽睡了，

用翅膀摟住睡夢中的孩子。

小蝙蝠念完後，花栗鼠說：「真的是這樣嗎？」

小蝙蝠說：「當然啦。」

「你也是那樣嗎？閉上眼睛，發出一個聲音，就可以聽出我在哪裡、我要往哪個方向去？」

「當然啊。」

花栗鼠搖搖頭，驚嘆的說：「你們蝙蝠白天都在睡覺，晚上都在飛翔，用耳朵看，顛倒睡覺，飛的時候吃，飛的時候喝，寶寶攀在身上時，能在半空翻筋斗，還能……還能……真是奇怪。」

小蝙蝠說：「你喜歡這首詩嗎？」

「喔，當然喜歡，只是我完全忘了這是一首詩，反而一直想著身為蝙蝠一定很奇怪。」

小蝙蝠說：「一點也不奇怪，整夜飛來飛去很舒服，白天跟其他蝙蝠一塊睡覺也很舒服。」

花栗鼠打了個呵欠說：「害我現在好想睡覺。不過我本來就想睡覺，我現在無時無刻都想睡覺。」

小蝙蝠想了一想，對花栗鼠說：「咦，我也是。沒錯，是因為冬天，因為冬天就快到了。」

花栗鼠說：「你應該把這首詩念給其他蝙蝠聽，他們會喜歡這首詩，就像我喜歡描寫我的那首詩。」

「真的嗎？」

「他們一定會喜歡。如果一首詩裡描寫了你所做的每一件事，你沒辦法不喜歡這首詩。」

小蝙蝠說：「非常謝謝你讓我念給你聽。我一定會念給他們聽，我現在就去。」

花栗鼠說：「回頭見，等我醒來再見了。」

小蝙蝠說：「再見。」

花栗鼠回到洞裡去。好奇怪，他的動作非常費力，靈活的臉蛋也變得呆滯。

小蝙蝠慢慢朝穀倉飛去。在灰濛濛的西邊山丘，太陽是紅色的，沒多久其他蝙蝠就要醒來了，小蝙蝠可以把詩念給他們聽。

在穀倉最深的角落，成群蝙蝠收攏著褐色翅膀，高高倒掛在屋頂下。除了一隻以外，全在呼呼大睡。

褐色小蝙蝠停下來，旁邊那隻蝙蝠也在睡覺，但感覺有東西停到身邊，便打了個呵欠，皺起臉龐，朝其他蝙蝠貼過去。小蝙蝠心想：「他一醒來，我就要念給他聽——不，我要等到大家都醒來再念。」

小蝙蝠的另一側是那隻醒著的蝙蝠，他打了一個大大的呵欠，朝其他蝙蝠貼過去，又睡著了。

小蝙蝠昏沉沉的對自己說：「真希望我的詩裡提到我們整個冬天都在睡覺，這件事很適合放到詩裡。」他打了呵欠，心想：「就快天黑了，天一黑，他們就會醒來，我要把詩念給他們聽。花栗鼠說他們一定會很喜歡。」他開始對自己念起詩來，用輕柔滿足的聲音說：

蝙蝠出生時，
光溜溜，看不見，毛色蒼白。

媽媽捲起尾巴做成口袋
接住他。他用……他用……

他努力回想下一句，卻怎麼也想不起來。那一句是關於毛皮，但他想不起來他是怎麼形容的。他從頭再念一次：

蝙蝠出生時，
光溜溜，看不見……

但還沒能繼續往下念，他又想到：「真希望我的詩裡提到我們整個冬天都在睡覺。」小蝙蝠的眼睛閉上了，打了個呵欠，皺起臉來，緊緊依偎在其他蝙蝠身邊。

作者 **藍道・傑瑞爾** (Randall Jarrell, 1914–65)

美國作家及文學評論家，創作類型包括小說、散文、詩、文學評論及兒童文學，作品風格優雅睿智而鼓舞人心；曾獲美國國家書卷獎、古根漢基金獎、美國國家藝術及文學學會獎助等。獲聘為美國國會圖書館「詩顧問」（一九八六年起改名為「桂冠詩人」）。

《愛寫詩的小蝙蝠》是傑瑞爾最受鍾愛的兒童文學作品，獲選《紐約時報》年度十大童書，蘊含哲思，具有「跨年齡」的魅力。

譯者 **呂玉嬋**

專事中英筆譯，已出版譯著數十餘部。

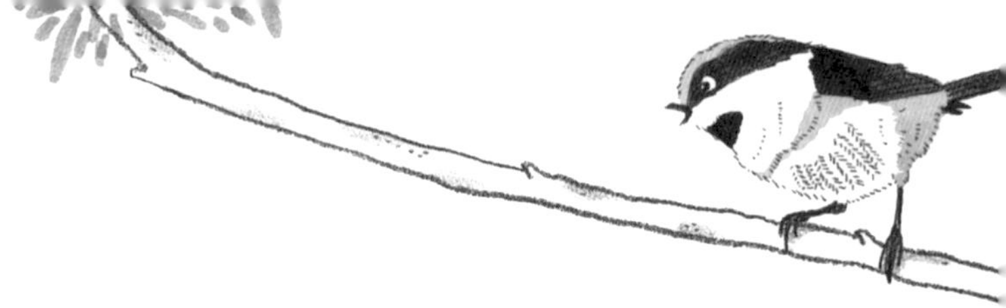

國家圖書館出版品預行編目 (CIP) 資料

愛寫詩的小蝙蝠 / 藍道・傑瑞爾 (Randall Jarrell) 著 ;
呂玉嬋譯・-- 初版. -- 臺北市 : 遠流, 2016.08
面 ; 公分
譯自 : The bat-poet
ISBN 978-957-32-7856-6 (精裝)

874.57　　105010196

愛寫詩的小蝙蝠

作者／藍道・傑瑞爾（Randall Jarrell）
譯者／呂玉嬋

主編／楊郁慧
封面設計／三人制創工作室　繪圖／薛慧瑩　內頁設計／陳聖真
行銷企劃／鍾曼靈
出版一部總編輯暨總監／王明雪

發行人／王榮文
出版發行／遠流出版事業股份有限公司　台北市南昌路 2 段 81 號 6 樓
電話：(02)2392-6899　傳真：(02)2392-6658　郵撥：0189456-1
著作權顧問／蕭雄淋律師
□ 2016 年 8 月 1 日　初版一刷
□ 2020 年 6 月 5 日　初版四刷

定價／新台幣 250 元（缺頁或破損的書，請寄回更換）

ISBN 978-957-32-7856-6
遠流博識網 http://www.ylib.com　E-mail:ylib@ylib.com
遠流粉絲團 https://www.facebook.com/ylibfans

本書譯自：The Bat-Poet, 1964